꽃의 어록語錄

황금알 시인선 133
꽃의 어록語錄

초판발행일 | 2016년 7월 30일

지은이 | 허윤정
펴낸곳 | 도서출판 황금알
펴낸이 | 金永馥
선정위원 | 김영승 · 마종기 · 유안진 · 이수익
주　간 | 김영탁
편집실장 | 조경숙
표지디자인 | 칼라박스
주소 | 03088 서울시 종로구 이화장2길 29-3, 104호(동숭동, 청기와빌라2차)
물류센타(직송 · 반품) | 100-272 서울시 중구 필동2가 124-6 1F
전　화 | 02)2275-9171
팩　스 | 02)2275-9172
이메일 | tibet21@hanmail.net
홈페이지 | http://goldegg21.com
출판등록 | 2003년 03월 26일(제300-2003-230호)

값은 뒤표지에 있습니다.

ISBN 979-11-86547-42-7-03810

꽃의 어록語錄

허윤정 시집

황금알

꿈길로 오신다더니

소쩍새 우는 봄밤
꿈길로 오신다더니
감감 어둠은 깊었습니다

길은 멀고 날은 저물어
그대를 기다려 보지만
황제도 붓다도 다 가신 길을
나의 황제시여!
대책 없이 그대도 떠나시던 날
이렇게 먼 기다림일 줄 몰랐습니다

넓은 이마 안경 밑으로
반가운 눈빛은 그대로입니다
안타까움만 싸리 울타리 찬 달빛
그대 창에 빛나는 별
영원한 그대의 푸른 별이 되렵니다

제가 외출하던 날
"잠깐 다녀오겠습니다 당신의 정 올림"
식탁 위의 그 메모 기억하시지요
그리고 마지막 병상에서
"그대 가슴에 내가 있고, 내 가슴에 그대가 있다"던
그 약속도 기억하시지요

그대 아들 진근은 오늘 휴일 이 순간도
그대 무덤에 꽃을 심고, 꽃나무에 물을 주고
그대 처소를 눈물로 꾸며요
지금 햇빛은 찬란하고 제10번째 시집 『꽃의 어록語錄』 원고
정리가 막 끝나는 휴일 오후입니다

당신이 살던 집엔 그날처럼
꽃도 피고 새가 와서 울어요

2016년 여름날
서울서래마을 허윤정 씀

차 례

1부

2부

3부

1부

매화꽃 피는 날

눈물이 난다
나의 사람아,
슬픈 아리아의 봄밤
사랑할 거라는 약속으로 왔지만
그것도 그리 만만치 않다
매화꽃 푸시아 핑크색 짙게 부풀고
살아 있는 모두를 위한 축제
내 그대 위해 차가운 시가 되리니
분홍빛 꽃잎 벙그는
아직 봄은 먼데
꽃잎 지는 소리
황홀해서 아픈 봄날이다.

어느 산행

본다는 것,
그것은 팽팽한 착각이다
더 멀리, 아주 멀리
더 높이, 아주 높이 사라지고
먼지보다 작은 존재
그 존재 사라질 때가 더 좋다
더 맑은 초월의 그곳에서
너는 하산한다
그곳에 너의 경계는 사라지고
진리의 쉼터
헤세의 산방이 그곳에 있다
낮은 구름 흘러가고
어린 종달새 깨금발 뛰는 작은 새
저 아래는 삶의 유희가 얼룩지는 침묵
작은 집들 먹구름 덮어 버리고
열린 공간 휘이휘이 환한 세상이구나.

바람은 하산을 꿈꾼다

가을이 와서
소슬하게 우는 벌레
마음은 아직 아득한데
쓸쓸한 그림자 흔드는 바람
노을빛 황혼이 내리고
우수도 비애도 저 해거름 볼을 붉힌다
슬프고 장엄한 노래
산다는 것은 언제나 서럽다
사랑아, 우리도 언젠가
저렇게 별처럼 멀어져
안갯속에 사라진
그날의 꿈이겠네.

두고 온 찻잔

따다 놓은
자목련 한 송이
김 오르는 이 찻잔을

내 가슴에
묻어 둔 사람

적막한
이 강산
그냥 두고 갑니다.

무채색 언어

달빛 청아한 목소리 들으면서
미망의 잠든 꿈 흔들어 깨운다
이 세상 모든 존재는 물에 뜬 달그림자
대소쿠리로 달그림자 건지는 일이다
이 세상 모든 존재는 뿌리 없는 나무그늘
실제로 존재하는 것은 아무것도 없다
텅 비어서 공허한 세상
목숨을 불태우네
빛의 환영이여
산메아리 무채색 언어
벌레 먹은 겨자씨 구멍에
수미산이 헐렁하다.

세월

째깍째깍
시간이 간다
빛의 착란
감방의 죄수
손톱으로 벽에
금을 긋는다.

봄밤의 꿈

반만 핀
매화꽃 화장하고
길 나선다

배밭길 데리고
오가던 학교길

보조개
하얀 배꽃이
길을 막고 나선다.

모기

아까 볼기짝을 맞고 달아난 놈
놀란 가슴 왱하고 달아나더니
정신 못 차린 놈 또 찾아왔네
생기발랄한 놈은 서생원 닮았고
죽은 놈은 학을 닮아
두 다리 뻗고 누워 있다
너를 때려 준다는 게 제 **뺨**을 제가 치고
내 코가 아파 발갛다.

나그네

가을날에
기울인 술병
인생은 뜬구름인데

소주잔에 흔들리는 포말
쓸쓸한 그 파도 소리

아침 이슬
술병 가득히
외로움이 투명하다.

허공

삼경의
궂은 빗소리
잠을 깨어 일어났다
이 세상
그 무엇도
허공 아닌 게 없는데
선사의
죽비 소리
오밤중을 가른다.

봄날은

미치고
환장하는 봄날은
내 가슴 불이 탄다
평생을 그리운
내 눈빛 다 짓물렀는데
새들은 철조차 모르고
마을마다 등불 달러 다닌다
현란한 나비의 꿈
절벽처럼 막아선 고독
한세상 잠시 머물다
또 다른 유성으로
길 나서야겠다.

꽃의 일생

깨진 약속
천지는
너무 고요해
아무 일도 없는데
천기를 열었다 닫으며
북두에 가 숨는다.

유년의 달빛

푸른 나무그늘
너는 나에게 안식을 주고
나는 너의 실루엣 꿈이 되고
끊어진 기타 줄
가을날 오후는 목 놓아 울리라
그대 위해 나 울리라
싸늘한 흙담에 별은 내려와
뜨거웠던 말복 그 누렁이
다리 밑에 풀꽃들의 기억이 맵다
지금은 가고 없는
내 유년의 달빛.

수채화

소리 내지 않는 바람
새벽이면 제일 먼저 눈뜬다
마주 보아도 보이지 않는 그대
영원을
하루같이
날마다 별을 보며
엷은 파스텔톤의 수채화
서늘한 가슴 내가 사라진다 해도
우리 사이는
그냥 번지는
파스텔톤의 수채화
그 슬픈 채색이다.

내 시에게

밥이 되나 돈이 되나
누가 알아주기나 하나
인연치고는 질긴 인연
나만이 사랑하고
너를 못 잊는다
너를 버리면 천국도 간다는데
나는 너를 못 버리네
우짜몬 좋노
너를 못 버리는 내 마음
너를 안고 울고 웃으며 예까지 왔는데
내가 없으면 너도 없어질 낀데
우짜몬 좋노
우리 사랑, 슬픈 사랑아.

목련꽃 피는 아침

아픈 봄날
친정 못 간 산새는
저리 앉아 섧게 운다

이끼 엉키고 외진 구석
먼지 앉은 뒤뜰에서
절제된 색조의 침잠
묵은 혼의 상형 문자

거역할 수 없는 궤적은
장엄한 대자연의 시류
설 부푼
목련꽃 한 송이
꿈 흔들며 고개 든다.

작은 언약

오늘은
기다리던 그대가
찾아올 것만 같다
초저녁별
눈감은 작은 언약
댓바람 소리 스치고 지나간다

읽던 책 덮어 두고
부러운 것
아무것도 없는 이 산골
고독이
눈처럼 쌓이는 이 밤
초막 아래 그대가 꼭 올 것만 같다

별빛 가슴 아득한
밤 하늘아.

꽃의 어록語錄

네 속엔
산도 누워서 잠들고
강물도 춤을 추며 흐르네
바람은 담 넘어와
매화꽃을 깨워 놓고
달빛은
창 아래 노닐다 간다
산하山河는 꿈꾸는 사랑
자잘한 꽃무늬로
허공을 수놓는다
전생의
슬픔까지도
환히 비추는 꽃이여
내 마음 기쁨도 슬픔도
여린 무늬로 보듬어 주네
세상은
침묵의 언어로 빚은 얼룩
꿈꾸는 실루엣
비단폭으로 나부낀다.

달빛 아리아

아래채 완자창 새어 나오던 불빛
드뷔시의 「달빛」 클래식을 연주하고
또 다른 빛 속으로 사라져 갔다

댓잎이 흔들리고 새들이 지나간다
새끼 꼬고 메주 뜨는 냄새의
그 사랑방도 이제는
집 나간 사랑 이야기로 가득 찼다

먼 중동의 석유 전쟁
일본 열도 쓰나미 지진으로
도시의 밤 불빛이 위태롭다

헤프고 현란한 네온 불빛과
넘쳐서 쏟아질 듯 유유한 밤 물결
도도히 흔들리는 저 강물은
달빛 아리아
도시의 밤 불빛이 위태롭다.

진달래

슬프고 애달픈 혼령
눈감지 못한 저 꽃
해마다 이 산, 저 산 붉은 피로 물 들이고
내 조국 목 놓아 부르며 흩어지던 절규이네

검은 까마귀 울던
그 격전의 산야에
짙푸른 숲 뒤흔들며 뻐꾹새 그대로 운다
반세기 한 맺힌 세월 오밤중 빨치산 그 광풍

얼어붙은 진달래꽃
봄바람에 다시 피네
불굴의 그 정념, 그날의 맥박
가슴속 피아골 깊숙이 세세연년 꽃피운다.

2부

가을 여자

머리는 헝클방클
이계송 화가 그림
방문 앞에 걸려 있다

저 여자 나 닮은 거 같다
시간도 계획도 없이
마음 내키는 대로 사는 여자

배고프면 밥 먹고 졸리면 잠자고
웃으면 어금니까지 내보이는 여자
어쩌면 철없는 여자
덜떨어진 여자
그런대로 한세상 사는 여자

황금빛 담쟁이가
가을 이고 찾아왔다
사랑아
저 물든 잎새야
세월은 가고.

사구백비 四句百非

왕년의 가수 김추자의
〈거짓말이야〉 노래가 생각난다
거짓말
거짓말
거짓말이야
복사꽃 떨어져 누운 환한 봄날에
진실로 좋은 말은 말 없음의 말
가장 가난한 사람은 진실에 가깝고
가장 작은 존재는 하늘에 가깝고
시詩 또한 거짓말 논리는 더 아니고
개념도 신념도 신앙도 개떡이다
사랑도 거짓말 노래도 거짓말
거짓말 거짓말
세상은 모두가 거짓말
거짓말도 거짓말
거짓말이야.

내 안의 타인

포구 어디쯤 작은 배는 떠 있을까
삶의 무게와 사랑의 의미는
영원한 타인이 되어 내 안에 살고 있다

창 아래 서 있는 그대는 나의 그림자
별도 잠든 그날 밤 사그락사그락
잉카 마을 허물어진 돌담길을 걷는다

하얀 눈은 내려서 속으로 피는 꽃
당신은 내 안에 사는
영원한 타인이다.

소멸 앞에서

나의 죽음 앞에선
불경도 경전도 울리지 마라
시벨리우스의
'천상의 꽃밭'을 들려다오

동정도
슬픔의 표정도
아예 짓지 마라
바람처럼 왔다가
구름처럼 떠나는 길

한 소절의 노래
나의 사람아
사랑했던 이여

소멸의 빛과 그림자
노을아
너도 안녕.

그냥 그렇게 사는 거야

그냥 그렇게 사는 거야
뒹굴뒹굴 놀면서
그냥 그렇게 사는 거야
아무리 좋은 곳도
2박 3일이야
그냥 그렇게 살자.

산목련

어머니 상여에 젖어 내린 눈물
이별의 그 날을 나 잊지 못하네
그건 종말이 아니라
새로운 만남의 단초이네
빨간 신호등이 나오면 파란 불이 켜지듯
어머님 임종의 그 날
삶의 선율이 하얀 영상으로 번진다
이슬 젖은 세월이 채색된 채로
촉촉이 흘러나오는 첼로의 선율
산속에 혼자 피어 있는 저 산목련
삶의 우수도 절망도
어머님 가시는 길
산목련 혼자 배웅하네.

바람의 이별

한 백 년
지나도록
소식조차 끊어졌는데
아직도 이별은
그대 뒷모습이 그리운 것이다
진달래 꽃피는 언덕
흩어진 세월 부스러진 돌조각
눈과 귀, 코도 다 막고
석불 되어 사오리다
그대 뒷모습 흐느끼던 별
이 마음 푸른 넋이여,
어차피 흘러가는 세월에 실려
천년 세월 흘러도 흘러도
그냥 그대로
석불 되어 사오리다.

비 오는 날의 수채화

흘러간 영화
펄럭이는 저 포스트
젖을수록 더 밝아 온다
내 눈길 사무치는 곳
고향길이 아득하다
내도록 울던 뻐꾸기
구름 몰고 떠나가고
비 오는 날의 수채화
내 젖은 우수여,
당신의 부재, 처절한 슬픔
기대고 싶은 푸른 어깨에
비가 내린다
자작나무 그늘진 비탈
어머님 무덤 밝히던
자잘한 꽃다지 다 젖겠다.

그대와 나

그대
산에 올라가네
봄소식이 궁금하여
눈 속에 바람만 차고
꽃소식은 감감한데
산 노을, 노을을 묻힌 채
그림자만 지고 왔네
복수초
황금 술잔에
봄소식은 가득하고
진달래 개나리 목련
종종걸음 재촉하네
지고 온
세월이 무거워
시름은 또 어찌하고.

뤼쉰 이야기

밥 먹을 때 기도 안 해도 되고
어른에게 존댓말을 안 써도 되는
개 팔자를 부러워하는
중국 시인 뤼쉰
호텔서 쫓겨난 그 노파
빛나는 진주일수록 흙 속에 묻혀 있어,
거대한 중국을 짊어진 키 작은 거인
개를 몰고 가는 저 노인
한 집 건너 세 번째 집에 물어도 몰라본다.

소주 한산사에서

은하수 흩뿌려진 별빛은 푸른데
소쩍새 울음소리 이국의 밤은 깊고
고소성
한산사 종소리
찬 서리에 울고 있네.
푸른 정, 두 선승 한산과 습득
한 여인 서로 몰래 사랑한 사이였네.
한산사
꽃과 꽃병
바라보며 마주 섰네.
검은 밤 종소리는 처마 끝에 반달 모양
소주성 광풍교 아래 고깃배는 머물고
대운하
비단길 물결
한산사를 감고 도네.

* 한산사: 중국 소주의 유서 깊은 사찰이다. 춘추전국시대 오나라의 수도였
  다. 청대 말에 재건 장계長繼의 시 「풍교야박」이 유명하다. 역사적으로 '와
  신상담' '오월동주'가 이곳에서 유래했다. 한산과 습득 두 선사의 우정도
  꽃과 꽃병으로 유명하다.

저 별빛

서라벌
에밀레종
추녀 끝에 풍경 달고
천년 세월 목을 놓아
신라 하늘 잠이 깊다
에밀레 에밀레 종소리
연꽃 향기 목에 두르고
그 옛날
단둘이서
어머님과 돌던 그 탑
오늘은 나를 불러
에밀레로 잠기는가
어머님 구천 어디
돋아나는 저 별빛이네.

가랑잎 학교 통신

참말로 모르것다
요즘 시는 와 이리 에럽노
받은 편지 꺼꾸로 들고 읽는 거 같다
철부지 아이돌 방방 뛰는
홍두깨춤
팔랑개비 돌아가는 입놀림이다
그놈의 시 아무리 읽어도 내사 모르것다
여기는 오바! 삼가 촌 가랑잎 핵교
전화도 엄꼬 전기도 엄따, 오바!

그대 바람 앞에서

잡을 수도
만질 수도 없는 그대
오는 길도 가는 길도 까마득히 알 수 없어
찾으면 찾을수록 아득히 먼 그대
바람은
갈대숲 들길을 나와
어린 시절의 기억을 더듬고 있다
기대고 싶은 그대 어깨에 비가 내리고
영원히 만날 수 없는 그대
여기 지금 잠시 잠깐 머물다
불티처럼 사라져 간다

이승의 꽃등

어느새 숨죽인 채로
이별의 봄날인가
터진 둑방
온 천지가 꽃사태 났다
돌아보니 벌써
하르르 꿈 흔들며
떨어지는 낙화
푸르러
우람하던 나무는
산메아리 물고
하산을 작심한다
밤하늘 별만큼
다녀가는 이승의 꽃등
무수히 버선발로
가볍게 다녀갔다

살구나무의 노래

살구나무 마른 가지에 꽃망울 달려 있다
올망졸망 붉은 꽃망울에 선지피 도는 소리
그 소리 내 귀에 옮겨 와 귀청이 따갑다
아침마다 산책길에서 네 소리를 내가 듣는다
저들만의 밀어
한 살갗 자근자근 부풀어 올라
꽃망울 움트는 소리 빛으로 가득 찼다
불티처럼 사라질
목숨아, 너 꽃이여
세월은 속수무책 둑이 터졌다.

인각사 석불 앞에서

수양버들
손 흔드는 강가
흰 백로 한 마리가
왕희지 글씨체로
처연하게 날아간다
한세월
흩어진 자국
조각난 기왓장들
모정의
약사발을
허공에다 받쳐 들고
이 자식 뒷바라지
삭풍에도 마다않고
천 년을 지나간 미소
모음 되어 흐느낀다

도피안사 철불

도피안사 본당
대적광전의 비로자나불은
기유 정월 865년 경문왕 때 도선 선사 불사

길을 잃고
머문 곳이 여기 도피안사 뜰이라니
눈비 맞고 전쟁 만나 흙 속에 묻혔다가
철원 땅 몇천 년을 토박이 되셨네

천 원짜리 몇 장 앞에 금칠 옷을 입은 부처
어느 날 철불 비로자나불은 개금불사를 했다
철불로 주조된 그분 심기 영 불편하신가
금빛 옷 나는 싫다, 철불 옷 다시 갈아입고

붓다도 무념도 다 아니 시라며
십시일반 1,500 철원 신도 간절한 넋이라 하네
천 년도 넘은 세월 그 혼불 살아남아
영원한 옛사람
철원 땅 혼백으로 앉아 계시네.

소야곡

귀뚜리 울음소리
별빛 따라 흘러가고
박꽃 피는
마을에는 모깃불 매운 향기

그 별빛 댓바람 소리 흔들리던 옛집에
다리미 붉은 숯불
고향 밤은 깊어 가고

석류꽃 붉게 피어 흔들리던 여름밤
먼 데서 찾아온 손님
꿈꾸던 소야곡.

3부

산목련이 피어 있다

이끼 푸른 돌무덤에
산목련이 피어 있다
궁노루
맑은 눈빛에
감겨 도는 저 비감
흐드러진 억새꽃 달빛은 싸늘한데
포연이 앞을 가린 그 혈전의 계곡에서
여울목
달빛 소나타
부서지는 북풍
새들아, 함부로
그 노래 부르지 마라
울어도 떠난 세월 다시 올 수 없어
기다림의 세월 앞에서
초혼하는 산목련.

귀향

아득한 봄날은
저승처럼 환하네
벚꽃길 하얗게 하늘길 열고
한세상 울다가
북두성 어느 별자리
귀촉도
울음에 실려
나 돌아가리라.

봄 추위

우수 지난 지도
벌써 한참인데
지하도 올라서니
찬바람이 더 시리다
누구라 건넬 사람도 없는
프리지어 한 다발.

고향 나그네

속울음 울대에 걸려
물빛 도로 푸른 이 밤

등잔불 가물가물
하늘에는 북두성
외로운 들나그네 세상은 낯이 설다

서리 묻은 모과 빛으로 그리움은 익어 가고
아무리 곧추세워도 내 허리는 도로 굽어
돌아선 고향 나그네 소쩍새만 자꾸 운다.

엄마 밥

엄마 밥이 먹고 싶다고?
후루룩후루룩 뭐가 그리 맛이 있나!
저 구석방에 있어도 너 밥 먹는 소리 들린다
후후룩 후루룩
먼 산 바라보는 나의 눈물아,
후루룩후루룩
논에 물 대는 소리
너 밥 먹는 소리
후루룩후루룩
오늘은 더 큰 소리로 들린다.

섬에서

꽃과 꽃, 나무와 나무 사이
우리는 둘이 아니다
그만큼의 간격 그냥 섬으로 떠 있을 뿐이다
나는 나, 너는 너일 뿐 둘이 아니다
우리는 복수 단어의 완전무결한 공유의 섬
축의 바퀴살처럼
안으로 향하는 빛의 거리
미풍에 흔들리는 이슬처럼
거미줄에 그 섬이 매달려 있다.

해바라기

영원을
하루같이
꿈꾸는 해바라기
책갈피 갈피마다
잉카 제국의 새벽별을 본다
시간의 성곽엔
황금 깃발이 펄럭이고
네 눈빛 젖은 내 영혼
투탕카멘의 황금 마스크
물살 일렁이는
창살에 기대어
그리움 턱 고이고
금빛 잎새 다듬는다.

꽃피는 날에

향기에
흔들리는
꽃무리가 바람났다
덩달아 저 새들도
나래 깃에 불을 달고
한 자락 연기도 없이
진한 향기 사른다.

코네티컷에서

코네티컷의
바닷가 오막살이 작은 집에서
다 비운 마음으로
바닷가에 서면 바다 마음 얻을 수 있을까
햇빛에 말린
소라 껍데기의 긴 통로
그 내면의 아름다운 계단
뜨겁던
욕망의 끈들
하얗게 바래진
내면의 하늘 저편에서
린드버그의 선물은
마음 텅 비우고 오래 참는 인고의 세월
코네티컷의 바닷가
그 바다의 선물
키 작은 소나무에 걸린 낮달이다.

* 미국 동부의 도시 코네티컷에서

새에게

파란 하늘이 내려앉는 우리 집 뜨락에
새들도 내려와 앉는다
허리를 깝죽대며 모이를 배불리 주워 먹고
쟁여 둔 곳간도 없는 빈 하늘로 날아오른다
노래 하나, 몸짓 하나로 하늘은 마냥 푸르고
슬픔도 자유도 언제나 즐거운 노래
오늘도 비상을 꿈꾸며
온몸으로 산다.

청둥오리

나쁜 놈 고리대금 영감탱이
한 개 주고 열 개나 받아 내시는 분
그냥 물 중에도 맹물이 최고

의식이나 단청하고 사는 청둥오리
그냥 납작 엎드려 살아라
걸리지 않고 보이지 않으면
축복도 박복도 주지 않겠지

거미줄에 걸린 나비 바람에 흔들린다
구원도 개소리, 수세기 그대 앞에 엎드려
기도하고 오십 년 삯바느질 두 아들 박사 만들어
십일조 꼭꼭 내던 우리 아지매
지금은 사라진 지 이미 오래

어느 날 득도한 스님
부처 보고 도둑놈 도둑놈!
불경스런 그 스님이 새벽 별을 보고 운다.

나무들의 인형극

황무지 벌판에
주인도 나그네도 없다
사람들은 제가 주인이라며 다투지만
나무는 저들끼리 인형극이 한창이다

철철이 옷 갈아입고 연극을 하는 저 나무들
비 오면 젖은 채 맨발로 선 그대로
시 「하여가」의 대사로
연극하는 저 나무들.

산사에서

아무도 없는 절집
붉은 꽃이 피어 있다
그 따스한 지창紙窓
스산한 노을은 지고
빈방엔 스님도 없네
고대광실 높은 절집
산 그림자도 발길이 뜸하다
괜히 왔다 간다는
어느 스님 묘비명처럼
벗어 놓고 간 하얀 고무신
바람 소리 혼자 가볍네.

무생의 봄

무일물 아무것도 없으니
누구도 견주지 않겠네
한세상 텅 비어서
충만하고 더 편안해
무엇이 옳고
무엇이 그러요!
흰 구름 산을 넘어서 어디로 가나
오늘은 남풍이 불어와
고향집 뜨락에 겹 매화 피겠다.

밤바다

비 오는 바닷가
노르망디의 바닷가에서
그대와 나는 슬픈 사랑을 했네
쉘부르의 우산 속에서
우리는 아무 약속도 없었네
바다의 불빛이
눈을 감고 있네
어둠 속에 묻힌 사랑의 눈빛
밤바다는 슬픈 사랑이네.

그날의 슬픈 곡조

그날의 슬픈 곡조
아득하게 들리는데
산 그림자 내려와 함께 슬퍼하잔다
어린 날 정답던 형제,
남처럼 살고 있네
어제는 명절이라
육친들이 찾아왔다
융숭한 대접하여 그들을 보내고
그립고 허전한 마음 나도 그만 울었네
그 옛날 대청마루
고향집이 아련하고
새들은 지저귀고, 저녁노을 물들어

그날의 생각 겹쳐 어머님이 보고 싶다

눈이 오는 밤에

눈이 내린다
하얀 눈이 내린다
밤새도록 내린 눈이
들판의 허수아비
젖은 무릎을 덮는다

지긋지긋한 침묵
나의 이 밤은 처절하다
하지만 나의 의지와 상관없이
눈은 내려와 쌓인다

그대는 영영 오지 않을 것이고
나도 갈 수 없는 거리에서
하얀 고독은 절망을 외치고
도도한 자연은 하얀 눈만 내린다

귀촉도

아득한
이 봄날은
저승보다 더 환한데
돌아온 옛 마을에
벚꽃 길은 눈이 멀고
귀촉도 울음소리에
나도 울던 고향길

4 부

물매화 피는 고향

두류산頭流山은 허공 중
지혜의 종鐘으로 매달려 있다
고향은 마음이 푸르러 산청山清이라 했던가
갑사댕기 분홍치마
산 너머엔 하얀 구름
누구라 그 시절을 눈감은들 잊을 건가
돌을 씻고 산을 울어 양단수兩端水는 더욱 맑고
물매화 터지는 소리에 놀라 깨던 봄,
강둑도 두 다리 쭉 뻗고
기지개를 켜는 날은
버들강아지 강변에서 기다림을 손짓하고
사립문 반만 붙인 채 그 시절은 어딜 갔나.

산

이란의 벽화처럼
풍경화를 그린다
노을 진 저녁 하늘
침묵하는 저 산
너는 초월자의 노래
이젤을 어깨에 메고
자연 속에 묻힌다

장자의 꿈

강물은 봄을 지고
내게로 달려오는데
파르르 떨리는 달빛
푸른 현의 그 나부낌
텅 빈 집 너무 허전해라
다들 어디로 갔나
까마득 잊혀진 계절,
다시 꿈은 깨어나고
고향집 낡은 창틀 거미줄에 걸린
꿈인지 또 생시인지
날개 터는 장자의 꿈

고향 나그네

등잔불 가물가물
하늘에는 저 북두성
외로운 나그넷길 세상은 낯이 설다
속울음 울대에 걸려 물빛 도로 푸른 이 밤
서리 묻은 모과 빛
그리움은 익어가고
아무리 곧추세워도 내 허리는 도로 아파
돌아선 고향 나그네 소쩍새만 자꾸 운다.

봄이 오는 이 아침에

어디에도 머물 곳 없는
쓸쓸한 여로에서
시인의 램프 불은
아직도 꺼지지 않았는데
어디로 떠나야 하나
마음만 허둥댄다
살구나무 촉수에 물오른
아가야들
참새 떼 지지배배 부싯돌 치는 이 봄
세월은 새벽차 타고
어디론가 가고 있다.

춤사위

포효는 밀려왔다가
밀려가는 거친 무늬들
돛단배 물결 저으며
가는 곳이 어디인가
다 쓸고 돌아서 가는
무상이여
이 번뇌여
세상은 자맥질하며
흔들리는 외로운 섬
푸른 손 푸른 가슴
 마주 잡고 우는 걸까
수평선 황홀한 노을
활옷 입은
저 춤사위

네팔의 개

그 집 앞에
우두커니 서 있던 개
네팔의 도시에서
방황하던 집 없는 개
우리 집 담장 밑에서
잠이 들던 개 닮았다

저 사원 세월의 아교질
저렇게 찐득이고
엉겨 붙은 촛농과 기름때는
이 세상의 번뇌던가
때 묻어 까맣던
그 소년 들어내던
하얀 이빨

주인도 없이 서성이는
먼지 묻은 네팔의 개
돌아와 눈감고 누워도
지워지질 않는다.

청자상감운학문매병

간송 전형필 선생의 이 번뇌
꿈의 선각자여
식민지 청년으로 무엇을 할 것인가
조상의 정신과 얼을 남기는 일
보화각아, 살아남아라
영원히 살아남아 만세를 불러라
큰 소리로 울어라
숨어서 울음 우는 봉황새처럼
우리 가고 없는 그 날
수수 천 년 더 넘게 살아서
조국을 울어라
조국을 울리거라.

또 한 해의 봄은 오네

새소리
바람 소리는
태초의 언어였다
잎 다진 서리풀 동산에
까마귀 허공을 울고
다 버리고 갈 놈의 세상
뭐가 그리 바빴던가

자동차 바퀴 소리만
줄을 잇고 달아난다
또 한 해 보내고 나니
또 한 해의 봄은 오네
아직 봄이 많은가 보다.

어느 임종

세상일 비몽사몽
모두가 꿈결이네
허공에 얼비친 그림자
피멍 드는 꽃잎이네
눈물은 원래 투명한 것
흐느끼는 별빛인가
두 눈에 고이는 눈물
혼자 걷는 나그넷길
붉은 꽃 샐비어
쑥부쟁이, 구절초
서천강 건너는 달무리
온통 눈물뿐이네.

행운유수 行雲流水

하늘은 구름 한가히 띄워 놓고
산은 허리 펴고 와불처럼 누워 있다
세상만사 덧없다며
묵언으로 말을 한 채
무심한 구름만 재를 넘어가는구나
산은 산대로
하늘은 하늘대로
꽃피고 새우는 봄도
비단길 저 혼자 가고 있다
차창에 세월을 싣고 나도 혼자 가고
내 마음 그대로, 바람 부는 그대로
바람에 젖은 봄날
굽이돌아 가고 있다.

태초의 빛

진실로 조용한 것은 가만히 빛을 놓는 것
빛의 서치라이트로 온 세상을 다 비추고 있다

그런데 바깥 세상에 끄달리는 나는 누구인가?
내 마음 나도 모른 채 이리 흔들리고 있다

꿈의 거리를 헤매는 낯선 바람
진실로 나라는 것은 빛 속의 빛

태초의 찬란한 빛
그 푸른 광채이다.

해설

벚꽃에서 겹매화에 이르는 길

이 경 호(문학평론가)

허윤정 시인의 이번 시집에는 봄꽃들이 자취가 자욱하
다. 매화로부터 목련과 진달래를 거쳐 벚꽃으로 피어나
는 봄꽃들은 공간과 시간의 영역에서 시적 화자의 삶을
에워싸고 있다. 공간적으로는 당연히 자연이라는 공간
을 대표하는 상징성을 간직하고 있다.

　　　네 속엔
　　　산도 누워서 잠들고
　　　강물도 춤을 추며 흐르네
　　　　　　　　　　　　 ─ 「꽃의 어록語錄」 부분

산과 강물을 하나로 에워싸는 공간의 상징성을 꽃이
대표한다는 것은 꽃이 단순히 아름다움의 속성을 내포
하지만 않는다는 사실을 암시해주고 있다. 산과 강물,
이른바 "산하山河"의 속성을 시적 화자의 정서와 연관 짓
기 위해 시적 화자는 "누워서 잠들고"와 "춤을 추며 흐르

네"라는 동사들을 부려놓고 있다. 그리고 같은 시편의
후반부에서 그 동사들이 환기할 수 있는 시간의 영역이
무엇인지가 밝혀지게 된다.

> 산하山河는 꿈꾸는 사랑
> 자잘한 꽃무늬로
> 허공을 수놓는다
> 전생의
> 슬픔까지도
> 환히 비추는 꽃이여
> 내 마음 기쁨도 슬픔도
> 여린 무늬로 보듬어 주네
>
>   — 같은 시, 부분

   자연과 시적 화자를 하나로 엮어놓으며 "누워서 잠들"
게 하고, "춤을 추며 흐르게 하"는 삶의 정서는 "꿈꾸는
사랑"이다. 그런데 누워서 잠들게 하는 사랑의 정서는
정적이며 어두운 세계를 연상시켜준다. 그때의 어두운
세계란 "전생의 슬픔"으로 표현되어 있다. 시간적인 영
역에서 죽음과 이어져 있는 정서가 전생의 슬픔이다. 사
랑을 이별로 끊어놓는 죽음과 이어져있는 슬픔의 정서
가 봄꽃의 서정으로 표현되고 있는 점, 이것이 봄꽃을
처연함으로 돋보이게 한다. 그런데 봄꽃은 처연한 슬픔
을 "환히 비추는" 비밀을 내포하고 있기도 하다. 봄꽃이

내포한 그 비밀, 처연한 슬픔을 환히 비추는 비밀을 이
제부터 살펴보기로 하자.

봄꽃은 대부분 잎이 돋아나기 전에 피어나므로 선연하
다. 하지만 주변을 단속하고 홀로 피었다 지는 속성 때
문에 봄꽃은 선연하면서도 처연하다. 이런 봄꽃의 선연
함과 처연함이 이번 시집을 인도하는 이정표 역할을 감
당하고 있다. 그 이정표에는 이별과 소멸이라는 주제가
아로새겨져 있다. 이별과 소멸이라는 주제는 처연한데
그 처연함을 잎도 피어나기 전에 홀로 감당하는 꽃잎의
자태가 선연한 아름다움을 과시하게 된다. 우선 벚꽃의
자태부터 살펴보도록 하자.

> 아득한 봄날은
> 저승처럼 환하네
> 벚꽃길 하얗게 하늘길 열고
> 한세상 울다가
> 북두성 어느 별자리
> 귀촉도
> 울음에 실려
> 나 돌아가리라.
>
> — 「귀향」 전문

벚꽃은 "환하"므로 선연하나 "저승"을 암시하기에 처

연하다. 따라서 "하얗게 하늘길" 열어놓는 벚꽃의 자태는 선연하면서도 처연한 것이다. 아마도 봄꽃 중에서 빨리지는 편에 속하고, 그것도 산산이 부서져 편편히 날리는 벚꽃의 모양새는 소멸의 아름다움과 슬픔을 동시에 환기시켜준다. 시인은 이렇듯 이별이나 소멸의 주제를 선선이 수락할 수 없으므로 그것을 환하게 돋보이도록 만드는 꽃의 심상을 주목하게 되는 법이다. 따라서 '벚꽃의 시각적 이미지'와 조응하는 '귀촉도의 청각적 이미지'도 저승의 세계만 환기하는 것으로 이해해서는 곤란하다. "귀촉도 울음"은 이별과 저승의 세계로 돌아갈 운명을 암시함과 동시에 처연한 아름다움을 만끽하는 정서도 환기해주고 있는 것이다. 벚꽃이나 귀촉도 울음과 유사한 계열로 "현란한 나비의 꿈"도 주목해 볼만하다.

미치고
환장하는 봄날은
내 가슴 불이 탄다
평생을 그리운
내 눈빛 다 짓물렀는데
새들은 철조차 모르고
마을마다 등불 달러 다닌다
현란한 나비의 꿈
절벽처럼 막아선 고독
한세상 잠시 머물다

또 다른 유성으로
길 나서야겠다.

－「봄날은」 전문

　언뜻 보면 "한세상 잠시 머물다" 돌아갈 "또 다른 유성"이란 저승을 암시하는 듯하지만, 저승보다 유성이 아름답고 환하다는 속성 때문에 다른 정서를 환기시켜준다. '저승'을 '유성'으로 변화시켜준 원동력은 바로 봄날의 "현란한 나비의 꿈"이다. 현란한 나비의 꿈이란 구체적인 행위로는 나비의 날갯짓을 지시하지만, 정서적으로는 봄날의 설레는 마음을 암시해준다. 그것은 보다 개인적으로는 시적 화자의 가버린 님에 대한 그리움을 환기시켜줄 것이다. 나보다 먼저 저승으로 가버린 님을 향한 그리움이 봄날의 나비가 보여주는 날갯짓으로 떠오르고 있는 것이다. 그러한 그리움의 정서가 이별이나 저승의 세계를 극복할 만한 아름다움의 심상들을 주목하게 만들어준다. 그런데 그리움의 정서가 환기하는 아름다움은 순순하게 시적 화자의 마음을 사로잡지는 못한다. 그리움은 다른 정서를 환기하는 마음과 갈등에 휩싸인다. 진달래꽃은 바로 그렇게 갈등에 휩싸인 시적 화자의 마음을 대변해주고 있다.

한 백 년
지나도록

소식조차 끊어졌는데
아직도 이별은
그대 뒷모습이 그리운 것이다
진달래 꽃피는 언덕
흩어진 세월 부스러진 돌조각
눈과 귀, 코도 다 막고
석불 되어 사오리다
그대 뒷모습 흐느끼던 별
이 마음 푸른 넋이여,
어차피 흘러가는 세월에 실려
천년 세월 흘러도 흘러도
그냥 그대로
석불 되어 사오리다.

- 「바람의 이별」 전문

이 작품에서 견고한 "석불"의 심상을 구축해주는 재료
는 "흩어진 세월"이다. 흩어진 세월이 "부스러진 돌조각"
으로 석불을 구축하여 세상의 다른 유혹에 "눈과 귀, 코
도 다 막고" 살아가는 초연한 자세를 만들어주고 있다.
그런데 다른 한편으로 견고한 석불의 심상은 망부석처
럼 온통 그리움으로 쌓아올린 결정체로 보이기도 한다.
그리움의 결정체를 상징하는 석불의 속성은 "이 마음 푸
른 넋"을 떠올리고 "천년 세월 흘러도 흘러도/ 그냥 그대
로/ 석불 되어 사오리다"라는 다짐 속에서 확인되고 있
다. 하지만 그리움을 아무리 견고한 존재의 질감으로 구

축해도 부질없다는 허무의 상념이 떠오르는 것을 막을
수는 없는 법, 달빛의 심상은 그리움을 무화시킬 만한
깨달음을 다음과 같이 안겨주기도 한다.

> 달빛 청아한 목소리 들으면서
> 미망의 잠든 꿈 흔들어 깨운다
> 이 세상 모든 존재는 물에 뜬 달그림자
> 대소쿠리로 달그림자 건지는 일이다
> 이 세상 모든 존재는 뿌리 없는 나무그늘
> 실제로 존재하는 것은 아무것도 없다
>
> ─「무채색 언어」 부분

　달빛의 역할은 "미망의 잠든 꿈 흔들어" 놓는 데, 그
꿈 중에는 임을 향한 그리움도 포함되어 있을 법하다.
달빛이 물에 비쳐 만들어내는 "달그림자"나 가버린 임을
향한 그리움이나 부질없는 미망이기는 매한가지여서
"대소쿠리로 달그림자 건지는 일"처럼 속절없기 때문이
다. 그런 속절없음을 시적 화자는 "뿌리 없는 나무그늘"
이라고 부연하기도 한다. 대상에 대한 집착이나 그리움
의 부질없음을 깨닫는 마음은 다음 시편처럼 대상과 나
의 관계를 단절해놓고 대상으로 나를 고립시켜놓는 마
음가짐으로 표현되기도 한다.

> 꽃과 꽃, 나무와 나무 사이
> 우리는 둘이 아니다

그만큼의 간격 그냥 섬으로 떠 있을 뿐이다
나는 나, 너는 너일 뿐 둘이 아니다

- 「섬에서」 부분

하지만 관계를 배제하고 고립된 섬의 세계 속에서 시의
화자가 은거하지는 못한다. 그리움이 속절없고 고통스러
워도 임의 존재를 기리는 마음이 내 존재의 바탕을 이룬
다는 사실을 부정할 수 없기 때문일 것이다. 그리고 바로
그 순간에 산목련꽃의 자취가 어른거리기 시작한다.

어머니 상여에 젖어 내린 눈물
이별의 그 날을 나 잊지 못하네
그건 종말이 아니라
새로운 만남의 단초이네
빨간 신호등이 나오면 파란 불이 켜지듯
어머님 임종의 그 날
삶의 선율이 하얀 영상으로 번진다
이슬 젖은 세월이 채색된 채로
촉촉이 흘러나오는 첼로의 선율
산속에 혼자 피어 있는 저 산목련
삶의 우수도 절망도
어머님 가시는 길
산목련 혼자 배웅하네.

- 「산목련」 전문

관계 단절을 관계 소통의 상황으로 변화시켜주는 씨앗은 "상여에 젖어 내린 눈물"이다. 그것은 죽음의 자리인 상여에서 피어난 꽃의 역할처럼 죽음을 촉촉이 적셔서 삶의 자리로 바꾸어 놓는 역할을 감당하고 있다. 눈물은 단순한 슬픔의 결정체가 아니라 새로운 "만남의 단초"로 작용하고 있는 것이다. "빨간 신호등"이 "파란 불"로 바뀌듯 눈물의 변환작용은 "어머니 임종"을 "삶의 선율"로 바꾸어놓는 악기의 역할을 수행하게 된다. "산속에 혼자 피어 있는 산목련"은 관계가 단절된 존재가 아니라 '배웅하는 역할'을 통해서 어머니와 시적 화자를 이어주는 소통의 매개체가 되는 바, 어머니를 배웅하는 역할은 어머니를 죽음으로 떠나보내면서 "삶의 우수도 절망도" 함께 떠나보낸다. 그리고 죽음으로 떠나보낸 자리에서 "촉촉이 흘러나오는" 눈물이 "첼로의 선율"처럼 어머니의 존재감을 나와 소통하도록 만들어준다. 이렇게 죽음의 자리를 삶의 자리와 소통하게 만드는 산목련의 역할은 다음과 같은 독특한 꽃의 역할로 변주되기도 한다.

아무도 없는 절집
붉은 꽃이 피어 있다
그 따스한 지창紙窓

－「산사에서」 부분

산사의 "붉은 꽃"은 초상집의 조등을 환기시키면서 동

시에 그것을 전복시켜놓는 역할을 수행하고 있다. 똑같은 색감의 종이로 만들어졌음에도 불구하고 산사의 연등과 초상집의 조등은 완연하게 대립된 세계를 암시해주고 있다. 산사의 연등은 초상집의 조등이 상징하는 죽음의 세계를 생명의 세계로 바꾸어 놓는 "따스한 지창紙窓"의 존재감을 간직하고 있다. 더구나 그것을 '창窓'이라고 규정함으로써 그것은 하나의 세계가 다른 세계와 소통할 가능성까지 암시해주게 된다.

이제 마지막 봄꽃을 감상할 때가 되었다. 그 꽃은 사실 봄꽃이라기보다 봄을 예비하는 꽃이다. 봄을 예비하므로 온전히 봄이라기보다 겨울과 봄의 경계에 서 있는 꽃의 속성을 간직하고 있다. 겨울 자리에서 봄의 '창턱'으로 넘어가는 경계의 꽃, 그것은 바로 겹매화다.

> 무일물 아무것도 없으니
> 누구도 견주지 않겠네
> 한세상 텅 비어서
> 충만하고 더 편안해
> 무엇이 옳고
> 무엇이 그러요!
> 흰 구름 산을 넘어서 어디로 가나
> 오늘은 남풍이 불어와
> 고향집 뜨락에 겹 매화 피겠다.

–「무생의 봄」 전문

불가의 가장 중요한 경전인 『반야심경』의 요체를 논하는 여덟 글자 "색즉시공공즉시색色卽示空空卽示色"을 암시하는 뜻이 겹매화의 심상 속에 내포되어 있는 사실을 주목해야만 한다. 이미 전반부 시행 "한세상 텅 비어서/ 충만하고"에서 기본풀이가 이루어지고 있기는 하다. "있는 것이 없는 것이요, 없는 것이 있는 것이다"와 유사한 뜻으로 해석될 수 있는 "텅 비어서/ 충만하고"는 겨울이라는 계절이 환기하는 소멸의 속성이 봄의 초입에서 생성의 원리로 전환하는 비밀을 암시해주고 있다. 없으므로 있어지는 비밀, 그것은 바로 모든 존재가 품고 있는 이중의 속성인 바, 겹매화의 이중성이 바로 그러한 비밀을 상징할 수가 있다. 그렇다면 이승에서 사라진 임의 존재 또한 사라진 것으로 단정할 수는 없다. 한용운 선사가 「알 수 없어요」라는 작품에서 "타고 남은 재가 다시 기름이 됩니다"라고 노래한 존재의 이치도 그러한 비밀을 암시해주고 있다.

허윤정 시인이 봄꽃들을 주제로 노래한 시편들은 이렇듯 이별과 소멸의 현실 속에서 고독과 허무를 감당해야만 하는 존재의 현실을 인정하면서도 그것을 극복하고 싶은 그리움의 의지가 마련할 수 있는 존재의 비밀을 탐구하고 있다. 봄이라는 소생의 계절에서 시적 화자는 역설적으로 소멸의 현실을 주목하고 번뇌하였으나 그 번뇌에 주저앉지 않고 그 번뇌를 이겨낼 만한 단서를 찾아내고 있는 것이다. '환한 그리움'이라 이름 붙일 만한 그

단서를 바탕으로 허윤정 시세계의 또 다른 지평이 열리기를 기대한다.